## La souris à malice

## Premières lectures

*À Louise et à Axel.*
*J. R.*

**\* Je commence à lire tout seul.**
Une vraie intrigue, en peu de mots, pour accompagner les balbutiements en lecture.

**\*\* Je lis tout seul.**
Une intrigue découpée en chapitres pour pouvoir faire des pauses dans un texte plus long.

**\*\*\* Je suis fier de lire.**
De vrais petits romans, nourris de vocabulaire et de structures langagières plus élaborées.

---

**Isabelle Rossignol** a toujours rêvé d'être une sorcière… gentille. Alors, elle l'a inventée. Mais comme elle adore les blagues, elle a aussi inventé Suzy. C'est un peu elle quand elle était petite. Aujourd'hui, elle est grande (mais pas vieille) et elle vit à Paris. Elle adore cette ville. Elle adore la vie. Et l'écriture bien sûr!

**Julien Rosa** aime bien les sorcières. Quand on fait une bêtise, elles savent toujours la défaire. C'est pour cela qu'il a pris plaisir à illustrer SOS sorcière.

Responsable de la collection :
Anne-Sophie Dreyfus
Direction artistique, création graphique
et réalisation : DOUBLE, Paris
© Hatier, 2013, Paris
ISBN : 978-2-218-97037-5
ISSN : 2100-2843
Tous droits de reproduction
et d'adaptation réservés pour tous pays.
Loi n° 49956 du 16 juillet 1949 sur
les publications destinées à la jeunesse.

Achevé d'imprimer en France par Clerc
Dépôt légal : 97037 - 5/01 - mai 2013

PAPIER À BASE DE
FIBRES CERTIFIÉES

Hatier s'engage pour
l'environnement en réduisant
l'empreinte carbone de ses livres.
Celle de cet exemplaire est de :
150 g éq. $CO_2$
Rendez-vous sur
www.hatier-durable.fr

# SOS sorcière

# La souris à malice

écrit par Isabelle Rossignol
illustré par Julien Rosa

**HATIER POCHE**

Suzy, sa famille et ses amis sont des sorciers.

Rose est la plus forte et la plus gentille des sorcières.
Elle sauve tout le monde.

# 1
## La découverte

Aujourd'hui, Suzy et son cousin Jérémie ne savent pas à quoi jouer.

«Si on fabriquait de la poudre de lézard? propose Suzy.
– Encore?», grogne Jérémie.

Un bruit se fait alors entendre sous le lit de Suzy. Dans la seconde, une souris d'un joli bleu ciel apparaît.

« Qu'elle est belle ! », s'exclame Jérémie.
Suzy la prend dans sa main.
« On va l'appeler Juliette !
décide-t-elle.

– Pouiii, pouiii ! couine Juliette.
– Tu as entendu ? rit Jérémie.
On dirait qu'elle a répondu :
"Ouiii, ouiii !"

– Voilà à quoi on va jouer!
s'écrie Suzy. On va la faire parler!
Avec mon moulin magique,
ce sera très facile. »

# 2
## La leçon

Quelques minutes plus tard, Suzy tourne une fois la manivelle de son moulin.

Elle demande :
« Moulin, moulin, fais dire à Juliette : "Bonjour, comment allez-vous ?" »

– Bonjour, comment allez-vous ? »,
répète Juliette.
Ravis, Suzy et Jérémie
applaudissent.

Puis c'est au tour de Jérémie.
«Moulin, moulin, commence-t-il
avec un grand sourire, fais dire
à Juliette : "Notre maîtresse
a des poils au nez."

– Vous puez des pieds! déclare Juliette.
– Qu'est-ce qui lui prend? s'étonne Suzy. Montre-moi le moulin, il y a sûrement un problème!»

À ce moment, Juliette file sous la porte de la chambre. Suzy et Jérémie se lancent à sa poursuite.

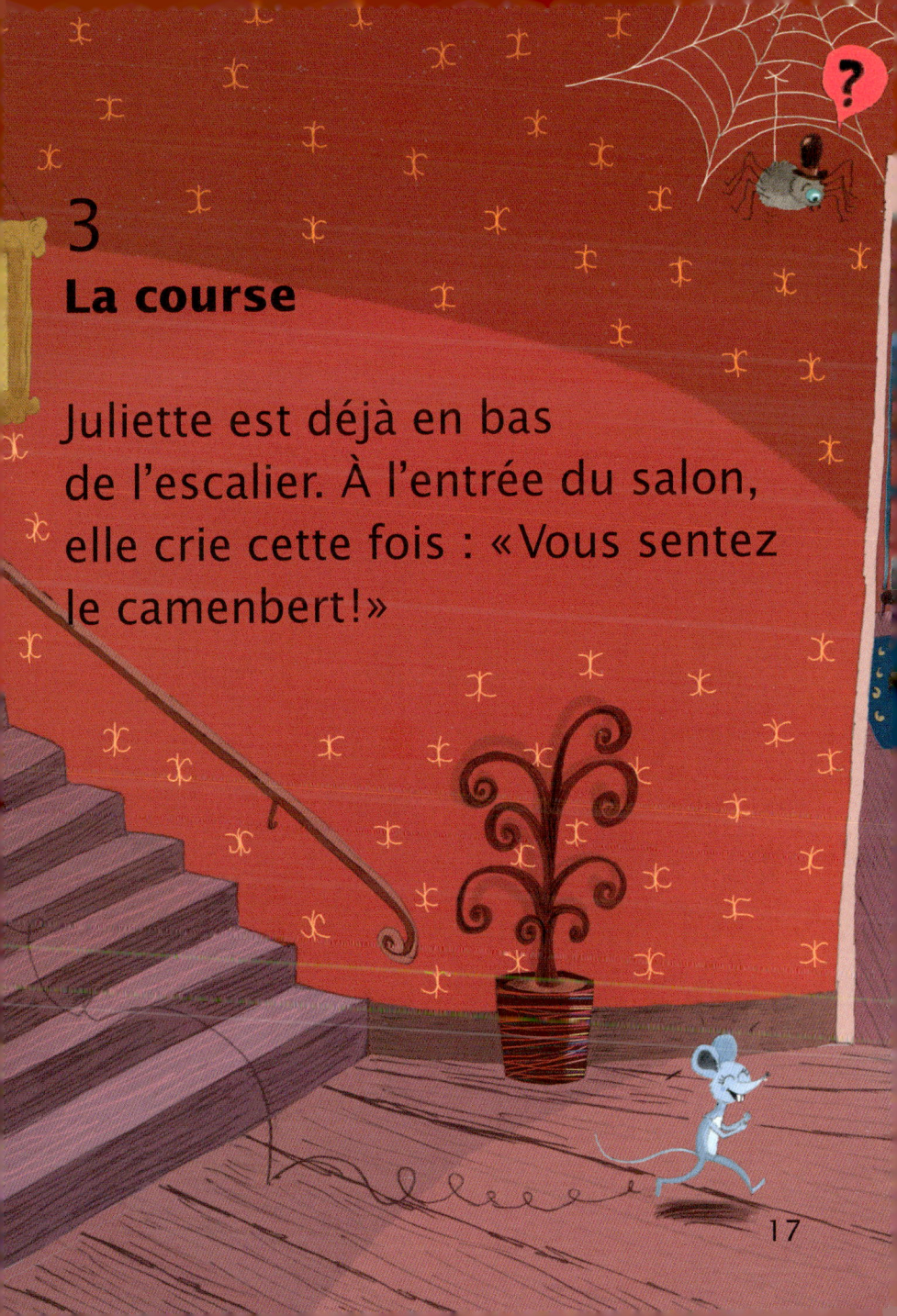

# 3
## La course

Juliette est déjà en bas de l'escalier. À l'entrée du salon, elle crie cette fois : « Vous sentez le camenbert ! »

« Catastrophe ! s'affole Suzy. Papa fait la sieste dans son fauteuil ! Si elle crie encore, il va l'entendre. »

Par chance, Juliette traverse
le salon en se taisant.
«Ouf!», soupire Suzy.

Mais Juliette court toujours.
Et, arrivée dans la cuisine,
elle reprend à tue-tête :
« Vous sentez le camembert
et la crotte de ver de terre ! »

Puis, elle retourne vers le salon en continuant de crier sa phrase.
«Elle va finir par réveiller Papa! s'affole Suzy.
– Il faut absolument l'arrêter!», déclare Jérémie.
Oui, mais comment?

Ils ne voient qu'une solution.
Ils appellent :
«SOS sorcière!»

## 4
**Le calme**

Dans la seconde, Rose apparaît sur sa moto. « Me voici, me voilà ! dit-elle. Que puis-je faire pour vous ?
– Écoutez ! », gémit Suzy.

Rose comprend vite la situation.
Elle sort un lasso de sa poche.
Comme un cow-boy, elle le fait
tourner et attrape Juliette au vol.

Enfin, elle lui souffle sur les moustaches. Aussitôt, Juliette se tait.

« Que s'est-il passé avec cette souris bleue ? demande Rose.
– On a voulu qu'elle répète une bêtise, bredouille Jérémie.
– Une très petite, précise Suzy.

– Petite ou grande, le problème est là, conclut Rose. Si l'on fait dire une bêtise à une souris bleue, elle ne peut plus s'arrêter. Sauf si on souffle sur ses moustaches.

Sur sa moto, Rose agite la main : « De rien, les enfants ! Et continuez de vous amuser... avec des souris d'autres couleurs peut-être ! »

# jeu

*Parmi les **chemins** suivants, peux-tu retrouver celui qu'a suivi Juliette lorsqu'elle s'est échappée ?*

**Chemin 1**

 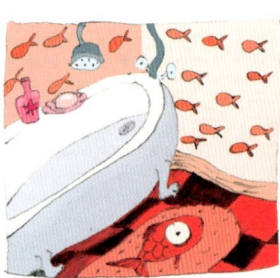

**Chemin 2**

**Chemin 3**

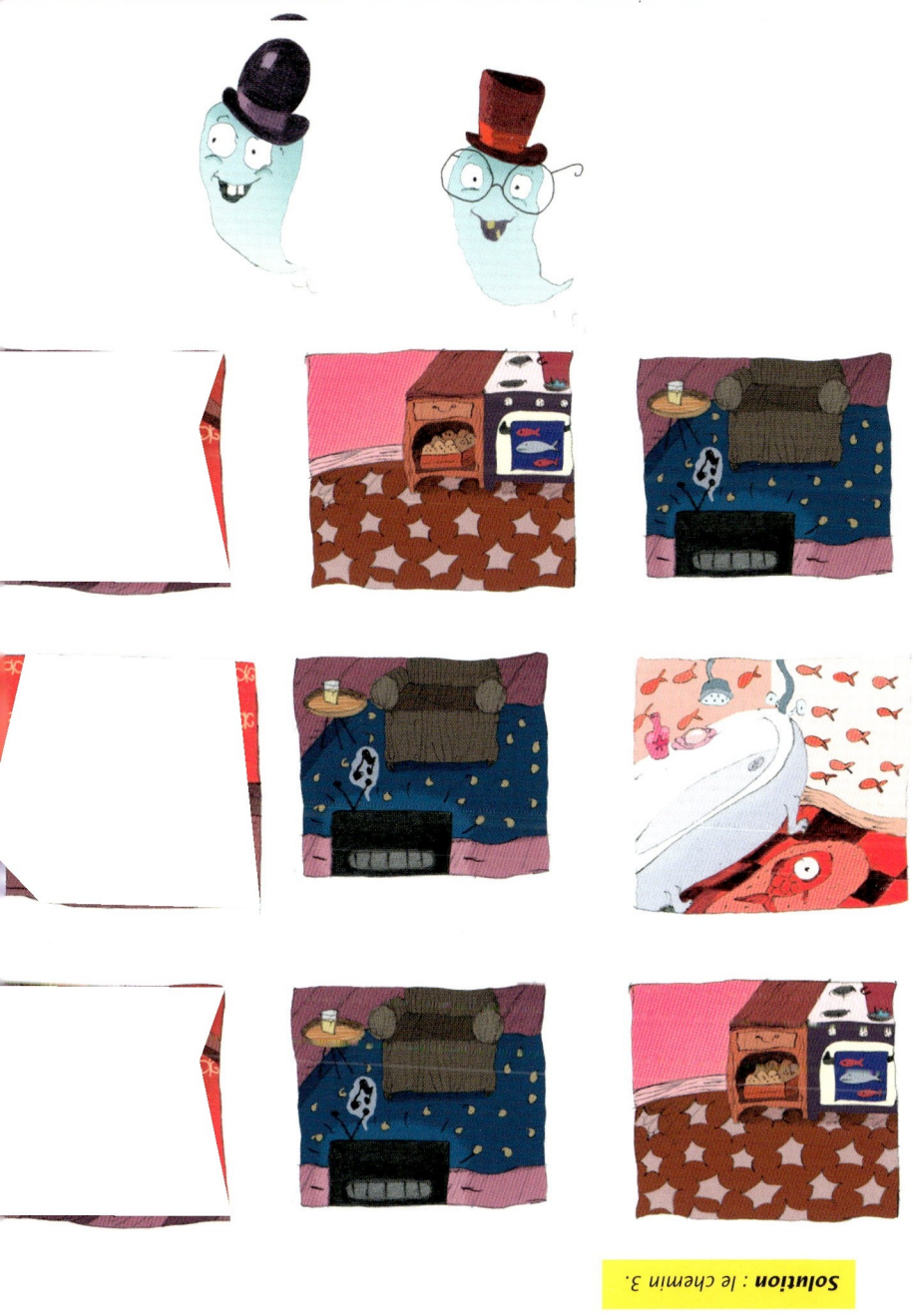

# HATIER
# POCHE

**POUR DÉCOUVRIR :**

> **des fiches pédagogiques** élaborées par les enseignants qui ont testé les livres dans leur classe,
> **des jeux** pour les malins et les curieux,
> **les vidéos** des auteurs qui racontent leur histoire,

*rendez-vous sur*

**www.hatierpoche.com**